Ilustraciones: Juan López Ramón

© SUSAETA EDICIONES, S.A.
Campezo, s/n - 28022 Madrid
Teléfono: 913 009 100
Fax: 913 009 118

Chistes, certijos, Adivinanzas...

susaeta

PRÓLOGO

Presentamos a los padres y maestros esta obra dirigida a los niños que acaban de incorporarse a ese mundo fascinante y asombroso que es el colegio.

Chistes, acertijos, adivinanzas... *es una cuidada selección de algunas joyas del gran tesoro de la tradición oral, a la que se añaden trabalenguas, retahílas, coplillas, etc., que constituyen las más genuinas manifestaciones de la expresión oral infantil.*

Porque el niño, cuando se divierte, aprende. Y estos ejercicios de fantasía, de rima, de musicalidad, a veces absurdos desde el punto de vista de los adultos, conforman un material maravilloso para desarrollar el ingenio y la imaginación infantil.

Sirva este libro de homenaje, respetuoso y agradecido, al folclore. Y ojalá permanezca vivo y fresco. Así será, si los padres y maestros vuelven de vez en cuando a los felices días de su infancia.

Los editores

Chistes

Cierto señor ató un día al gato con una cadenita y lo sacó a pasear.
Ya en la calle, se le acercó una mujer, temerosa:
—¿Araña?
—No, gato.

Un niño de cinco años estaba cansado de que su madre le lavara sin cesar las manos y la cara.
Un día se encontraron con una amiga, que dijo al verlo:
—¡Cómo has crecido, Pedrito!
—¡Claro! —respondió él—.
Como que mamá se pasa la vida regándome.

9

Reprendía cierta esposa a su marido en una fiesta a la que habían acudido juntos:
—Ya es la cuarta vez que te sirves tarta y helado. ¿No te da vergüenza?
—¿Y por qué habría de darme? Siempre digo que es para ti.

Pregunta un señor en una taquilla de la estación de ferrocarril:
—Por favor, ¿no hay otro billete más barato que este?
—Sí, señor, pero tendría que llevar bozal.

Un muchacho estaba tumbado en el sofá, viendo la televisión, cuando sonó el teléfono.

—Hola, hijo —le saludó su padre—: ¿Dónde está mamá?

—Está en el jardín, arreglándolo.

—Oye, hijo, que mamá ya no es tan joven ni tan fuerte. ¿Por qué no la ayudas?

—No puedo: el otro azadón lo tiene la abuela, que está con ella.

Una maestra hablaba a sus alumnos de las costumbres de algunos pájaros.

—Cuando hace frío en el Norte —decía—, vienen aquí, al Sur, para aprovechar el sol. ¿Quiénes son estos amigos que esperamos con ilusión?

Un niño muy despierto gritó con voz chillona:

—¡Los turistas!

11

Se acerca un individuo al portero de una sala.
—Oiga: ¿es aquí donde se celebra el concurso de vagos?
—Sí, señor, entre usted.
—No, a mí que me entren.

En un grupo de amigos, decía uno de ellos que, si alguien le daba dinero a su perro, el animal saldría inmediatamente a comprar el periódico.
Uno de ellos, para comprobarlo, se lo dio.
Se marchó el perro a todo correr, pero al cabo de una hora todavía no había regresado.
Al protestar el interesado, le preguntó el dueño:
—Pero, bueno: ¿Cuánto le has dado?
—Un billete de diez euros.
—¡Ahora sí que la has hecho!
Cuando le dan tanto, se va al cine.

Afeitando a un cliente, un peluquero novato no pudo evitar hacerle un corte bastante profundo.

Queriendo disculparse y para hacer olvidar el desliz, dijo al herido:

—¿Le envuelvo la cabeza en una toalla caliente?

—No, gracias —se apresuró a contestar el cliente—, prefiero llevármela puesta.

Una señora que tenía en su casa una piscina, contestaba siempre, a los chiquillos del vecindario, cuando le pedían permiso para nadar en ella:

—Podéis venir, si viene con vosotros vuestra mamá para cuidaros.

Esta respuesta dejó muy triste a un pequeño, que explicó:

—Es que mamá no puede venir conmigo, porque tiene que ir a trabajar.

Pero de pronto se le iluminó el rostro, creyendo haber encontrado la solución, y añadió:

—Pero puedo pedirle un justificante en el que diga que, si me ahogo, no importa...

—Hace poco —contaba un convaleciente— me operaron y el doctor me dejó dentro una esponja.
—¡Vaya una faena! —comentó uno de los amigos—. ¿Y te duele mucho?
—No, dolerme, no me duele; pero, ¡tengo una sed...!

Está el señor de la casa entusiasmado, viendo un partido de fútbol por televisión. Entra un hijo pequeño con los deberes de la escuela:
—Papá: ¿dónde están los Alpes?
—Pregúntale a tu madre, que es quien guarda todo.

Un maestro a sus alumnos:
—En estas últimas vacaciones, ¿qué habéis hecho para hacer un poco feliz a alguien?
—Yo hice felices a dos personas —dijo uno de los niños—: Fui a pasar unos días a casa de mi hermana, con lo que la hice feliz a ella. Después, al venirme, el que se quedó feliz fue su marido.

Un pescador, a un lugareño, cerca del lago:
—¿Se puede pescar aquí?
—¡Claro que sí! —contestó este.
—¿No será delito?
—¿Delito dice? ¡Qué va! Será un milagro.

Preguntó un niño a su madre por qué tenía el pelo gris, y contestó ella:

—Mira, cada una de estas canas es una trastada tuya.

—¡Anda! Ahora ya sé por qué la abuelita tiene todo el pelo blanco.

Queriendo saber cómo iba su sobrino con las divisiones, le dijo un día don José:

—Si te doy seis céntimos para repartirlos con tu hermanito, ¿cuántos le tocarán a él?

—Dos —respondió el niño sin vacilar.

—¿Cómo que dos? ¿Es que aún no sabes dividir?

—Claro que sé; el que no sabe es mi hermano.

A un estudiante que tenía muy mala ortografía le aconsejaba el profesor de Lengua que consultase el diccionario siempre que tuviese alguna duda.
A lo que el alumno contestó:
—Pero, señor, ¡es que yo nunca dudo!

Telefoneó una señora a cierta agencia de viajes, preguntando cuánto tardaría en llegar de Madrid a Nueva York, en avión.
—Un momento, señora —le contestó la telefonista.
—Estupendo —repuso la señora, que colgó el teléfono sin esperar más detalles.

Un viajero, de paso por Nueva York, compró un televisor para llevárselo a su familia.
—¿Es que no hay televisores en su país? —le preguntó alguien.
—Sí, claro que los hay; pero los programas de aquí me gustan mucho más.

Entra un caballo en un bar, pide un café, lo toma y se marcha, como si nada.
Un cliente, ya un poco piripi, se dirige al camarero y le dice:
—¡Qué raro!, ¿verdad?
—Pues sí que lo es —contestó éste—; siempre pide cerveza.

Y, hablando de animales, ¿sabéis cuál es el caballo que monta todo el mundo?

—Uno que se llama «Cólera» porque todos cuando se enfadan acaban montando en cólera...

Se encuentran dos amigos;
—¿Qué te ha pasado, que llevas esa venda?... no se te nota mucho la cojera.
—Es que me di un golpe en la cabeza.
—¿Y llevas la venda en la rodilla?
—Es que me la dejaron un poco floja...

19

En la aduana del puerto:
—¿Qué lleva en esa jaula, tan tapado?
—Un loro de Brasil.
—Tiene que pagar sesenta euros, por derechos de importación de aves exóticas.
—¿Ha dicho sesenta euros? ¡Antes lo tiro al mar!
A lo que el loro, asustado, responde:
—¡Hombre, Pepe, no me hagas esa faena! ¡Paga!

En un examen, le dice el profesor a un alumno que no ha sabido contestar a nada de lo que se le ha preguntado:
—Voy a hacerle la última pregunta. Si la contesta bien, lo apruebo; si no, suspenso. ¿Cuántos pelos tiene la cola de un caballo?
—Treinta mil quinientos ochenta y tres.
—¿Y cómo lo sabe?
—Perdone, profesor: ésa es otra pregunta y aseguró que sólo me haría una.

Un padre de familia está cada día más indignado con su joven hijo, que tiene la mala costumbre de ponerse, sin permiso, la ropa de su padre. Una noche, salía el muchacho de su casa muy contento, para acompañar a una amiga.
Pero se encontró con su padre:
—Eduardo, esa corbata que llevas es mía, ¿eh?
—Sí... me temo que sí
—respondió el muchacho.
—¿Y esa camisa?
—También es tuya, papá.
—¡Y mi cinturón! —gritó el padre—: ¿Se puede saber por qué te lo llevas?
—Pero papá —dijo el joven nervioso—, ¡para que no se me caigan tus pantalones!

Un señor enseña a su esposa a conducir un automóvil:
—Con luz verde, sigue, con luz roja, para; y si yo me pongo blanco, anda con más cuidado.

Un dentista ha hallado la manera de que las visitas que le hacen los niños les sean más agradables. Les deja una pistola de agua para que se enjuaguen la boca.

En una estación, dos niños estaban frente a la entrada del baño de señoras, en cuya puerta había una maquinita para pagar. El muchacho se disponía a poner una moneda en la ranura, mientras decía impaciente a su hermanita:

—Decide de una vez lo que prefieres: o esto, o un helado.

SEÑORAS

La niña pequeña, que acababa de despertarse, lloraba amargamente.
Su madre corrió a su lado y le preguntó:
—¿Qué te pasa?
Sollozando, la niña contestó:
—Es que estoy pensando que tendré que vestirme y desvestirme todos los días de mi vida...

Un chico fue a reconocimiento médico antes de ingresar en el colegio.

El médico le preguntó:

—¿Has tenido alguna dificultad con la nariz o los oídos?

—Sí —contestó el niño—, me molestan cada vez que me quito la camiseta.

Dos jóvenes estaban sentados en un bar.

—¿Por qué bebes la cerveza con paja? —le preguntó uno al otro.

Y este respondió:

—Le prometí a mi madre que jamás pondría los labios en una copa.

—Mamá, ¿cómo nací yo?
—Te trajo la cigüeña.
—Y tú, ¿cómo naciste?
—Mi madre me compró en París.
—¿Y la abuelita?
—La encontraron dentro de una col.
—Pero... ¿es que nunca ha habido un nacimiento normal en esta familia?

Mirando su huerto, el hortelano descubre a un muchacho subido a un manzano.
—¡Verás como te agarre!
—le dice—. Pienso hablar con tu padre.
—Papá, aquí abajo hay un señor que quiere hablarte
—dijo el niño mirando hacia arriba.

Camina por la calle Pepe, cuando se le acerca Paco, que le pregunta:
—Por favor, señor... ¿sabe la hora que es?
Pepe alarga el brazo, levanta la muñeca, mira el reloj y contesta:
—Sí, señor.

En un departamento de un tren, viajan solos Pepe y Paco.
En un momento dado, Pepe saca un paquete de cigarrillos, enciende uno y vuelve a guardarse el paquete.
Paco le pregunta:
—¿Te quedan más?
A lo que Pepe, sacando otra vez el paquete y mirando en su interior, le contesta:
—No, me quedan menos.

Está un niño llorando en una feria, se le acerca un guardia y le pregunta:
—¿Qué te pasa, pequeño?, ¿te has perdido?
—No señor, el que se ha perdido es mi papá.

—Pepe —le dice Paco a su amigo, que es muy tartamudo—: ¿Por qué no vas a una escuela de tartamudos?
—¿Y para qué? ¡Si tartamudeo muy bien!

El director de una película explicaba al actor la escena del bosque.

—Tienes que correr a gran velocidad: te perseguirá un tigre, pero no te debe alcanzar. ¿Has comprendido?

—Yo sí —responde el actor—. Pero, ¿ya lo sabe el tigre?

—Federico, tienes la boca abierta.
—Ya lo sé: ¡la he abierto yo!

—Bueno, pues me alegro mucho de haberle conocido: he pasado un buen rato con usted.
—Yo también: siempre paso buenos ratos conmigo.

A un torero, al que le había cogido el toro, le preguntó uno de su cuadrilla mientras lo llevaban a la enfermería:
—¿Le duele mucho, maestro?
—Sólo cuando me río.

Y ¿qué le decía un árabe a otro, al que le pedía una jaula para un canario?

—¡Bájame la jaula, Jaime, bájamela, bájamela!

En una carrera:
—Papá, ¿por qué corren tanto esos hombres?
—Porque al primero le dan un premio.
—Y los demás, entonces ¿para qué corren?

Tenía la boca tan pequeña, tan pequeña, que para decir tres tenía que decir: UNO, UNO, UNO.

Aquel hombre era tan delgadito, tan delgadito, que para hacer sombra tenía que pasar tres veces.

Era un señor tan bajito, tan bajito, que la cabeza le olía a pies.

Acertijos

¿Qué hacen los jugadores de baloncesto de más de dos metros de altura, cuando acaba la temporada?
—Irse al cine y sentarse en la butaca delante de uno.

Cerca de una granja hay un río, al que llega un gallo. Si éste pone un huevo y cae al agua, ¿se hundirá o flotará?

—Ni lo uno ni lo otro, porque los gallos no ponen huevos.

¿Qué es
«noventa y nueve, ¡pum!»,
«noventa y nueve, ¡pum!»,
«noventa y nueve, ¡pum!»?

—Muy fácil: un ciempiés
con una pata de palo.

¿Qué hace un lobo bobo
con un ratón tontón
a la sombra de un árbol
si ya se ha puesto el sol?

—Nada,
porque entonces
no hay sombra.

¿Sabes en qué se parecen
una prima mía y el tren?

—En que mi prima tiene trenzas,
y el tren... ¡zas!,
se metió en un túnel.

El boticario y su hija, el médico y su mujer comieron nueve pasteles y todos tocaron a tres. ¿Cómo pudo ser?

—La hija del boticario era la mujer del médico.

¿Por qué encogen una pata las cigüeñas para dormir?

—Porque si encogiesen las dos se caerían.

¿Cuál es el animal al que si se le da la vuelta, también cambia de nombre?

—El escarabajo, que pasa a ser «escarrariba».

¿Sabes a qué pez
hay que echarle un piropo
para que se deje pescar?

—El «sal-monete».

¿Por qué el perro lleva el hueso
en la boca?

—Porque no tiene bolsillos.

¿Cuándo entra un perro
en un ascensor?

—Cuando está la puerta abierta.

¿Con qué pescado
cerramos la puerta?

—Con el pes...tillo.

¿Sabes qué es una cosa que tiene muchos agujeros y se traga el agua?

—La esponja.

Un león muerto de hambre ¿de qué se alimenta?

—De nada, porque está muerto.

¿Qué necesita la mujer para entrar en la iglesia?

—Estar afuera.

¿Qué da la vaca cuando está flaca?

—Da lástima.

¿Dónde pone un pato su huevo,
en la copa de un árbol o en el suelo?

—En ninguna parte;
los patos no ponen huevos,
los ponen las patas.

¿Cuál es el número
que al revés vale menos?

—El nueve.

¿*Qué será* la mujer del quesero?
Te lo he dicho ya al principio...

—Quesera.

¿Qué se necesita para encender una vela?

—Que esté apagada.

¿Qué estrella no tiene luz?

—La estrella de mar.

¿Cuál es el animal
que come con la cola?

—Todos, ninguno
se la quita para comer.

¿Cuál es el día más largo de
la semana?

—El miércoles, que es el que
tiene más letras.

En el aire se cruzan dos aviones; ¿cómo se llaman los pilotos?

—Por radio.

¿Qué hay entre el mar y la arena?

—La orilla.

¿Qué tienen los reyes en la panza?

—El ombligo.

40

¿Cuál es el animal
que en su nombre tiene
las cinco vocales?

—El murciélago.

¿Qué hay siempre
en medio del mar?

—La letra A.

¿Cómo sale el elefante
del agua?

—Mojado.

¿Qué es lo que va con
la sopa y no se come?

—La cuchara.

¿Qué será
lo que le quitas el tapón
y en vez de vaciarse
se llena?

—Una barca...
que tenga tapón.

¿Sabes cuál es el animal
que es dos veces animal?

—Pues un gato,
que es gato y araña.

¿Dónde esconderías
una oveja para que
nadie la viese?

—En un rebaño.

Los perros suelen dar
unas cuantas vueltas
antes de echarse a dormir,
¿Sabes a qué vuelta se echan?

—Después de dar la última.

En un árbol hay siete perdices.
Llega un cazador,
dispara y mata dos.
¿Cuántas quedarán
en el árbol?

—Ninguna.
Las otras cinco
saldrán volando.

Cada uno de tres hermanos
tiene una hermana.
¿Cuántos son entre todos?

—Cuatro: los tres hermanos
y la hermana, que es
hermana de todos ellos.

Marta y María son hermanas.
Marta tiene dos sobrinas,
que no son sobrinas de María.
¿Cómo puede ser esto?

—Porque las sobrinas
de Marta son precisamente
las hijas de Marta.

Marta y Patricia dicen que
son hijas del mismo padre
y la misma madre.
Sin embargo, Patricia dice
que no es hermana
de Marta.
¿Qué es Patricia?

—Una mentirosa.

¿Qué es lo primero que hace una vaca
cuando sale el sol?

—Sombra.

¿Qué es lo mismo que seis gatos
en un tejado en una noche
de enero?

—Media docena.

¿Qué se hace en un pueblo
cuando se pone el sol?

—Se hace de noche.

¿Por qué tienen las jirafas
tan largas las patas delanteras?

—Para poder llegar al suelo.

—Señor: ¿sabe en qué
se parece usted a un
elefante?
—¡Niño!... ¡A ver
si te doy un trompazo!

En una carrera de peces,
¿cuál llegaría el último?

—Pues el del-fín,
que no es un pez,
pero como se parece tanto,
se coló en la carrera
y nadie se dio cuenta.

¿Sabes cómo
conservar el pelo?

—Guardándolo
en una cajita.

47

Adivinanzas

Encontrarás las respuestas en la página 137.

1.
Con la nieve se hace
y el sol lo deshace.

2.
Por ella subes,
por ella bajas,
y tú la tienes
aquí en tu casa.

51

3.
De la viña sale
y en bodega se hace:
bien se saborea
y a veces marea.

4.
Bonita planta,
con una flor
que gira y gira
buscando el sol.

5.
Estoy en la nieve,
estoy en la cal;
y en el rico azúcar;
también en la sal.

6.
Cómete la e
y pon una a.
Mírala muy bien
y échala a volar.

7.
Mi padre
me llevó al bosque
y el camino señalé
con pequeñas
piedrecitas,
para así poder volver.

8.
De variable me acusan,
porque miro siempre
al lugar de donde sopla
el viento.
No soy variable, no;
porque es mi oficio
señalar a los hombres
lo que siento.

9.
Porque tengo sangre fría,
aparezco en primavera
en piedras encaramada,
siempre al sol que más calienta.

10.
¿Sabes tú de qué color
era la caperucita
de aquella niña bonita
que el lobo quería comerse?

11.
Diminuta astillita
de cabecita roja,
capaz de hacer cenizas
a la encina más gorda.

12.
Suele tenerla la rosa
y también la tiene el pez:
no se parece en nada.
¿Sabes tú qué puede ser?

13.
Si no hay, se ve;
si hay poca se ve;
si hay mucha, no se ve.
¿Qué será?

14.
Aunque tiene dientes
y la casa guarda,
no muerde ni ladra.

15.
Es puma y no es animal;
flota y vuela... ¿qué será?

16.
Zorra le dicen, ya ves,
aunque siempre del revés
se lo come el japonés
y plato muy rico es.

17.
Palomita blanca,
que sin alas vuela
y sin lengua te habla.

18.
Gira, gira
sin cesar;
sube, baja
y quieto está.

19.
De pino, pinito,
estoy fabricado;
aunque muñequito,
los recados hago.
Si digo mentiras,
crece mi nariz
y todos los niños
se ríen de mí.

20.
Tengo alas y pico
y hablo y hablo
sin saber lo que digo.

21.
Eres su dueño
mientras lo callas
y su prisionero
cuando lo dices.
¿Qué es?

22.
Dícen de mí
que hago monadas
y todos se divierten conmigo;
dicen que aunque
me vista de seda
mi figura
igual se queda.

23.
¿Qué es eso que avanza,
que no tiene pies
y arrastra la panza?
En el río la ves.

24.
Nace en el mar,
muere en el río.
Ése es mi nombre...
¡pues vaya un lío!

25.
Tiene ojos de gato y no es gato,
orejas de gato y no es gato,
cola de gato y no es gato,
maúlla y no es gato. ¿Qué será?

26.
De bello he de presumir:
soy blanco como la cal,
todos me saben abrir,
nadie me sabe cerrar.

27.
Tengo traje anaranjado,
dentro muy apretado voy,
pero salgo tal cual soy
cuando me abren con cuidado.

28.
Al campo y al monte
voy con el amo.
Si no balo mucho
no pierdo bocado.

29.
Mi picadura es dañina;
mi cuerpo, insignificante.
Pero el néctar que yo doy
os lo coméis al instante.

BZZZZZZ

30.
Tiene famosa memoria,
gran tamaño y dura piel,
y la nariz más grandota
que en el mundo puede haber.

31.
Siempre cae y nunca
sube, paraguas hace
extender, para el campo
es bendición, mas si es
mucha... ¡Inundación!

32.
Hay gatos en un salón:
cada gato en su rincón;
cada gato ve tres gatos.
¿Sabes cuántos gatos son?

33.
Con el pelo rojo,
la cara amarilla
y llena de granos,
soy rico alimento
si estoy cocinado.

¡AAAAAH!

34.
Solo tres letras yo tengo,
mas tu peso yo sostengo.
Si me tratas con cuidado,
te llevaré a cualquier lado.

35.
Aquí estamos doce hermanos:
yo, que el segundo nací,
soy el menor entre todos.
¿Cómo puede ser así?

36.
¿Quién es aquella que espera
y que es tan verde por fuera?

68

37.
Locomotora no soy,
mas cuando con vapor voy
dejo todo muy alisado
si me usan con cuidado.

38.
Gilpérez es mi apellido,
mas mi nombre es
pan comido.
Cambia la letra
primera,
zeta borra sin espera,
pere cambia de su lado
¡y ya está solucionado!

39.
Lentes chiquititas,
jóvenes o viejas:
si quieres nos tomas
y si no nos dejas.

40.
Te digo y te repito
que si no lo adivinas
no vales un pito.

70

41.
Con «V» empieza mi nombre,
suelo ir con la corriente,
dicen de mí —por costumbre—
que donde voy, va la gente.

42.
Yo voy con mi casa al hombro,
camino sin tener patas
y voy marcando mi huella
con un hilito de plata.

43.
En el campo me crié,
atada con verdes lazos,
y aquel que llora por mí
me está partiendo
en pedazos.

44.
¿Qué clarín suena en la noche
que a todos desvela al punto?
No es soldado, ni marino,
ni músico de conjunto.

45.
Entro por el mar
y salgo por la garita.
¿Quién soy yo?

46.
Es verde mi nacimiento,
amarilla mi vejez,
y cuando llego a la taza
soy más negro que la pez.

47.
Rayas negras y amarillas,
ruido de silbato agudo,
un picotazo en la piel
y escozor morrocotudo.

48.
Mi madre es tartamuda;
mi padre, cantador;
muy blanco mi vestido;
de oro mi corazón.

49.
En medio del cielo estoy
sin ser lucero ni estrella,
sin ser sol ni luna bella:
a ver si aciertas quién soy.

50.
Cuanto más y más lo llenas,
menos pesa y sube más.

51.
¿Quiénes son esos seres
pequeños y azules,
tan activos y alegres
y nada gandules,
que viven ocultos
en casas de setas
y a un mago y a un gato
los traen de cabeza?

52.
Con cabeza de latón
y mi cuerpo de cristal,
tengo un alma luminosa
que alumbra en la oscuridad.

53.
La letra más alta soy,
la más delgada también;
la luna y el sol me llevan,
el aire nunca me ve.

54.
¿Puedes decir, niña maja,
si conoces algo así
que no lo veas aquí,
y cuando crece, más baja?

55.
Como una culebra
me enrosco en el cuello:
quito mucho frío,
doy vueltas y cuelgo.

56.
Aunque me tengas delante,
no podrás verme jamás;
pero en mí verás reflejos
de la luz y de algo más.

57.
Cien damas en un camino
y no hacen polvo
ni remolino.

58.
Soy ojo potente,
que en la noche brilla,
alumbrando el mar,
para que los barcos,
seguros a puerto
puedan arribar.

63.
Dama cruel y venenosa,
paseo por verde prado;
a mí todo el que me mira
seguro queda espantado.

64.
Larga, seca y tosca,
todo lo enrosca,
todo lo sujeta,
todo lo transporta.

65.
De la selva rey
caza por su ley
gacelas y venados
¡y monos descuidados!

60.
En el cuello
voy luciendo
de jóvenes o señores,
soy de seda,
lana o hilo
y muy variados
colores.

83

67.
Arcoíris vacilante
va volando a pleno sol:
sonrisa de primavera
que vuela de flor en flor.

68.
A la orilla de los ríos
croan, sin meterse en líos,
saltos dan, mas no son osos
sino animales verdosos.

69.
Algarabía moruna,
diabólico japonés,
prefiero la del inglés
si he de quedarme
con una.

70.
Cuanto más y más me quitas,
más grande me voy haciendo;
cuanto más y más me pones,
más voy empequeñeciendo.

71.
Mi cuerpo larguirucho
excava en el jardín;
ensartado en un anzuelo
cebo de pez es mi fin.

72.
Soy letra de la lana,
de la lona y la luna.
Y si no me adivinas,
no acertarás ninguna.

73.
Por nuestro andar patoso
dicen que somos bobos,
pero nadie en el agua
compite con nosotros.

74.
¿Sabes de alguna letrita
que si la vuelta le das,
enseguida se convierte
de consonante en vocal?

75.
Soy ave muy grande,
con casa muy alta:
hago un ruido seco,
duermo en una pata.

Retahílas

Pito, pito, colorito,
vende las habas
a treinta y cinco.
¿En qué lugar?
En Portugal.
¿En qué calleja?
La molleja.
Salte tú
por la puerta vieja.

Al que no convida
le crecen sapos
en la barriga.

Aliguí, aliguí,
con la mano no,
con la boca sí.

Caracol, col, col,
saca los cuernos al sol,
que tu compañero
ya los sacó.

Pito, pito,
colorito,
¿dónde vas
tan rebonito?
A la era
pajarera,
¡pin, pon, fuera!

Chivato, acusica,
la rabia te pica,
por tonto y por feo
y por acusica.

Papá, mamá,
Pepito me quiere pegar.
¿Por qué?
Por nada,
por una cosita
que no vale *na*.

El que lo dice lo es
con su cara al revés.

Paco, Pacorro,
quítate el gorro;
si no te lo quitas
te rompo las tripas.

El que fue a Sevilla
perdió su silla,
el que fue a León
perdió su sillón.

¿Qué pasa?
La saliva
por la garganta
y el brazo
por la manga.

Tita tita, taritón,
tres gallinas y un capón,
el capón estaba muerto,
las gallinas en el huerto,
ris, ras,
fuera estás.

—Gallinita ciega,
¿qué se te ha perdido?
—Una aguja y un dedal.
—Pues da tres vueltas
y los encontrarás.
—Una, dos y tres,
y la del revés.

Trabalenguas

Apréndete un trabalenguas y repítelo en voz alta, sin equivocarte.

Tres tristes tigres
tragaban trigo en un trigal.

Un tigre es una fiera,
dos tigres son dos fieras
y tres tigres son un trabalenguas.

Pablito clavó un clavito
¿Qué clavito clavó Pablito?

Como poco coco como,
poco coco compro.

Un podador
podaba una parra,
otro podador
que por allí pasaba,
al primer podador
le preguntó:
—¿Qué podas, podador?
—Ni podo mi parra
ni tu parra podo:
podo la parra
de mi tío Porro.

103

Guerra tenía una parra
y Parra tenía una perra.
Pero la perra de Parra
rompió la parra de Guerra.
Entonces Guerra con la porra
pegó a la perra de Parra..

El cielo está encapotado,
¿quién lo desencapotará?
El desencapotador que
lo desencapote
buen desencapotador será.

Principio principiando,
principiar quiero,
por ver si principiando,
principiar puedo.

Por el río van tres tablas
encaravinculadas.
El desencaravinculador
que las desencaravincule
buen desencaravinculador será.

Paquito compró copitas,
¿cuántas copitas
compró Paquito?
Pocas copitas
pagó Paquito.

Son tres los don Pedro Pérez Crespo Calvo:
don Pedro Pérez Crespo Calvo
el de arriba,
don Pedro Pérez Crespo Calvo
el de abajo
y don Pedro Pérez Crespo Calvo,
el del rincón.

El gorrión dijo a la picaza:
¡Qué mujer tan rarabingalonaza!
La picaza dijo al gorrión:
¡Qué señor tan rarabingalozón!

La gallina cenizosa
en el cenicero está;
el desencenizador que la desencenice
buen desencenizador será.

Buscaba el bosque Pachico,
un vasco bizco muy brusco,
y al verle
le dijo un chusco:
—¿Busca el bosque,
vasco bizco?

Había una vez un tigre
que de tanto espantatigrar
se quedó espantatigrado.

Tengo una gallina pinta,
piririnca piriranca,
con sus pollitos pintos,
piririncos, pirirancos.
Si ella no fuese pinta,
piririnca, piriranca,
no criaría los pollitos pintos
piririncos, pirirancos.

La chiquilla, con la lluvia,
a la villa lleva la llave.

Poco a poco,
Paco Peco,
¡poco pico!

111

Para leer al derecho y al revés

ala
ama
ajajá
la sal
la cal
sí lo sé Solís
amor a Roma
a la Mota tómala
eco de la valla vale doce
de solo sed
dábale arroz a la zorra el abad

Esto se llama palíndromo. ¿Sabrías tú hacer uno?

Canciones de corro y comba

Al pasar la barca
me dijo el barquero:
«Las niñas bonitas
no pagan dinero».
Al volver la barca
me volvió a decir:
«Las niñas bonitas
no pagan aquí».

Que llueva, que llueva,
la Virgen de la cueva,
los pajaritos cantan,
las nubes se levantan.
¡Que sí, que no,
que caiga un chaparrón!
Ron, ron, ron, ron, ron.

Al pasar por el puente
de Santa Clara,
se me cayó el anillo
dentro del agua.
Al sacar el anillo
saqué un tesoro,
¡ay, ay!
saqué un tesoro:
una Virgen de plata
y un Cristo de oro,
¡ay, ay!
y un Cristo de oro,
¡un Cristo de oro!

Mambrú se fue a la guerra,
¡qué dolor, qué dolor, qué pena!
Mambrú se fue a la guerra,
no sé cuándo vendrá:
do, re, mi, do, re, fa,
¡no sé cuándo vendrá!

Si será por la Pascua,
¡mire usted, mire usted, qué guasa!
Si vendrá por la Pascua
o por la Trinidad,
do, re, mi, do, re, fa,
o por la Trinidad.

Al corro de la patata,
comeremos ensalada,
naranjitas y limones,
como comen los señores.
¡Achupé, achupé, sentadita me quedé!

Chocolate, morenillo,
corre corre, que te pillo;
correrás, correrás,
pero no me pillarás.

En el mar hay un pescado
que tiene la cola verde,
la cola verde, la cola verde.
Desengáñate, Pepita,
que tu novio no te quiere,
que no te quiere, que no te quiere.
En el mar hay un pescado
que tiene la cola azul,
la cola azul, la cola azul.
Desengáñate, Pepita,
que tu novio es un gandul,
es un gandul, es un gandul.

Quisiera ser tan alta
como la luna,
¡ay, ay!,
como la luna, como la luna.
Para ver los soldados
de Cataluña,
¡ay, ay!,
de Cataluña,
de Cataluña.

Desde chiquitita me quedé,
algo resentida de este pie,
y aunque el andar es cosa muy bonita,
disimular que soy una cojita,
aunque lo soy, lo disimulo bien,
¡sal, sal, que te doy un puntapié!

Pase, misí; pase, misá,
por la puerta de Alcalá:
los de alante corren mucho,
los de atrás se quedarán.
¡Pase, misí, pase, misá,
por la puerta de Alcalá!

Cu-cú, cu-cú, cantaba la rana,
cu-cú, cu-cú, debajo del agua;
cu-cú, cu-cú, pasó un caballero,
cu-cú, cu-cú, con capa y sombrero;
cu-cú, cu-cú, pasó una señora,

cu-cú, cu-cú, con falda de cola;
cu-cú, cu-cú, le pidió un ramito,
cu-cú, cu-cú, no le quiso dar;
cu-cú, cu-cú, se metió en el agua,
cu-cú, cu-cú, se echó a revolcar.

El patio de mi casa
no es particular:
cuando llueve se moja
como los demás.
Agáchate
y vuélvete a agachar,
que las agachaditas
no saben bailar.

El demonio, como era travieso,
con el rabo tieso
rompió un farol,
y los chicos corrieron gritando
¡hay que ver la que se armó!

El juego chirimbolo,
¡qué bonito es!
Un pie, otro pie,
una mano, otra mano;
un codo, otro codo:
el juego chirimbolo,
¡qué bonito es!

Tengo una muñeca
vestida de azul,
con su camisita
y su canesú.
La saqué a paseo,
se me costipó,
la tengo en la cama
con mucho dolor.

Para entretener a un hermanito

Este compró un huevito,
este lo puso a asar,
este le echó la sal,
este probó un poquito,
y este gordito
se lo comió todito, todito.

Cinco lobitos
tenía la loba
blancos y negros
detrás de la escoba.
Cinco parió,
cinco crió,
y a todos los lobitos
tetita les dio.

¡A remar, a remar,
marineros de San Juan!
¡A los chicos dadles leche,
a los grandes dadles pan!

Palmas, palmitas,
higos y castañitas,
manzanas y turrón,
qué rica colación,
pon, pon.

Palmas, palmitas, que viene papá;
palmas, palmitas, que luego vendrá;
palmas, palmitas, que viene papá;
palmas, palmitas, que en casa ya está.

Cura sana
culito de rana
si no se cura hoy
se curará mañana.

Fin

RESPUESTAS A LAS ADIVINANZAS

ÍNDICE